O CONDE DE APOÁ

DANILO GAPCROFT

CONTEÚDO

1 O ESTUDANTE DE JORNALISMO

Eu me formei em jornalismo em 2009. Cheio de sonhos, eu sempre quis trabalhar na redação de um grande jornal, ganhar um salário razoável e ter meu próprio apartamento. Queria conquistar a minha independência financeira para algum dia casar ter a minha família.

Sonhar era bom, entretanto, a maioria dos meus sonhos era impalpável naquela época. Eu só me dei conta de que o mundo não era perfeito depois da quinta entrevista de emprego que eu fui rejeitado. Ou melhor, eu nunca soube oficialmente se fui rejeitado, mas, considerando que nunca me ligaram, tenho certeza de que fui reprovado.

Sem opções, mandei o meu currículo para um jornal de uma pequena cidade chamada Poá. Situada na região metropolitana de São Paulo, a cidade era minúscula. O salário não era alto, mas eu precisava de experiência profissional para tentar algo melhor posteriormente.

Um dia, depois de enviar o currículo para o jornal, o editor-chefe da redação me ligou e marcou uma entrevista.

Não houve dinâmica de grupo e nem perguntas do tipo

"que animal você gostaria de ser?". Foi uma simples e descontraída conversa. O próprio editor-chefe me aprovou e logo me apresentou à pequena redação do jornal. A princípio, eu seria responsável por política, mas ficou claro que não seria algo fixo, já que tudo dependia da demanda do jornal. Apesar de não ser exatamente o que eu queria, fiquei feliz por ter sido contratado.

2 O SEGREDO DE POÁ

Eu aluguei um apartamento minúsculo próximo ao jornal com uma ajuda financeira dos meus pais. O trabalho em si começou uma semana depois da entrevista. A minha primeira matéria foi sobre a aprovação de um projeto de lei que regulamentou a cobrança de um imposto sobre iluminação pública, um projeto polêmico e impopular. Na época, até pensamos em fazer uma pesquisa para saber se a população da cidade aprovava a decisão dos vereadores, porém não tínhamos dinheiro para isso.

Ao longo dos meses trabalhando e redigindo artigos para o jornal, eu me adaptei à rotina monótona e pacata da cidade. Eu matava o tédio me debruçando sobre as os arquivos do jornal.

Poá era uma cidade jovem. Tinha pouco mais de meio século de vida. Nasceu como um distrito da cidade de Mogi das Cruzes e se emancipou em 1949. O nome aparentemente tinha origem indígena. Curiosamente, o jornal existia antes mesmo da emancipação do município e foi adotado por Poá como o jornal local.

Entretanto, havia algo estranho nos arquivos que eu notei apenas após alguns meses de trabalho: as edições do jornal referente ao mês de março estavam ausentes. Eu remexi os arquivos e não encontrei nada.

Eu questionei alguns colegas de trabalho sobre o assunto, mas foi tudo em vão. Uns simplesmente não sabiam o porquê das edições de março estarem ausentes. Outros questionavam a importância disso.

Porém, o mais estranho foi quando eu questionei o jornalista responsável pelo obituário, um senhor rabugento com mais ou menos a mesma idade do editor-chefe. "Você foi contratado para fazer reportagens e não para ficar xeretando", foi uma das frases grosseiras que ele disse. Para tentar apaziguar os ânimos, eu expliquei que só queria conhecer melhor a cidade, entretanto ele novamente agiu com grosseria e disse em voz alta "Porra! Você é jornalista ou uma traça atrás de papel velho para comer? Este jornal é para gente que quer trabalhar! Vá fazer o seu trabalho! Deixa o passado no passado!".

3 A SALA DE ARQUIVOS

Eu saí da sala quase chorando. Fui ao banheiro e, ao notar que não havia ninguém, desabei em lágrimas. O editor-chefe do jornal entrou no banheiro enquanto eu chorava. Eu tentei disfarçar, mas eu não consegui enganá-lo. Ele queria saber o porquê do meu choro. Tentei desconversar, mas o editor-chefe me pressionou e eu contei tudo.

Ele então me convidou para ir até a sala dos arquivos. Lá ele arrastou uma estante revelando uma velha porta. A porta foi aberta por uma chave no colar do editor-chefe. Ao entrarmos, ele fechou a porta.

— Estão aí, todas as edições de março desde que o jornal foi fundado. — ele disse enquanto sentava numa cadeira velha.

— Por que o senhor vai mostrar para mim? — questionei.

— Você quer a respostas, certo? Elas estão todas ao seu redor.

Eu então comecei a vasculhar os arquivos "secretos", mas depois de folhear umas dez edições do jornal, eu não encontrei nada de errado.

– Eu não entendo, porque estas edições estão escondidas, não há nada de errado nelas?

– Não? Então olha de novo, mas, desta vez, olhe o obituário.

Novamente, eu folheei os jornais velhos fedendo a mofo, mas não encontrei o obituário.

– Não tem obituário... – afirmei.

– Exatamente, não tem.

– Eu ainda não entendi... Por que o jornal esconde essas edições? Se não tem obituário é porque ninguém relevante morreu, certo?

– Não é bem isso.

O editor-chefe levantou-se, pegou um livro negro e me deu.

– Esse é o obituário. – ele disse.

Eu comecei a folhear o velho livro com páginas amareladas pelo tempo. Era escrito a mão e organizado cronologicamente como um diário. Cada linha continha o nome, a data de nascimento e a data do falecimento de um habitante da cidade.

A primeira vista, não havia nada de mais. Não morriam tantas pessoas em Poá. Contudo, logo eu percebi uma distorção nos registros do mês de março, que chegavam a ocupar seis páginas inteiras. Não era um fenômeno isolado. Todo mês de março de cada ano o número de mortes exorbitava.

– Por que morrem tantas pessoas em março? E por que

o jornal não divulga essas mortes? – eu questionei sem entender nada.

– Por que morrem? Porque não respeitam o toque de recolher de março. Por que não divulgamos? Para não causar alarde, já que são muitas mortes.

– Toque de recolher? Não vivemos numa ditadura, as pessoa são livres. E isso não explica porque essas pessoas morrem. – critiquei a resposta do editor-chefe.

– Realmente, as pessoas são livres, inclusive para escolher a morte. – ele respondeu distorcendo o que eu disse. – Olha, se você quiser viver em Poá, não fique fora de casa depois das oito da noite nos dias do mês de março. Você tem onze meses de liberdade total. É claro, se você preferir, pode se arriscar. Mas, se você não quer assumir o risco, o toque de recolher começa todo dia primeiro de março a partir das oito da noite.

– O que tem de especial em março?

– Março é o mês de aniversário de Poá... Em dia 26 março de 1949, a Câmara municipal foi fundada e é nessa data que comemoramos o aniversário da cidade. Por coincidência, foi em algum dia de março de 1621 que o Conde de Apoá foi selado por uma freira da Ordem dos Carmelitas, nessa região.

– Conde de Apoá? – perguntei curioso.

– Apoá era o verdadeiro dono dessa região. Todo ano, no mês de março, ele emergia das sombras para caçar e matar humanos na quietude da noite. Então, para conter seus massacres, missionários da Ordem dos Carmelitas se instalaram aqui para por um fim nele. Uma freira sábia conseguiu tal proeza, prendendo-o num túmulo rodeado de imagens de santos e escrituras sagradas em hebraico. – o editor-chefe explicou.

Descrente na história do editor-chefe, eu tentei fingir interesse:

— Se ele foi preso nesse tal túmulo, então por que existe um toque de recolher?

— O túmulo tinha muitos itens valiosos de ouro e prata. Em 1901, alguns ladrões descobriram o túmulo, roubaram e vandalizaram. Daí o Conde está solto por aí de novo. Já o toque de recolher... Ele não existe mais, pelo menos não oficialmente, pois a justiça julgou inconstitucional, há uns vinte anos.

Eu achei que o editor-chefe estava zombando da minha cara ou algo do tipo. Um Conde assassino que aparece todo mês de março para caçar pessoas durante a noite e ninguém sabia de nada? Novamente, tentei extrair mais informações:

— Primeiro, por que ninguém tenta matar esse tal Apoá? Segundo, por que ninguém na cidade sabe disso? Terceiro, por que você está me contando tudo isso?

— Primeiro, ele não morre. Segundo, o jornal, a prefeitura e a polícia abafam tudo. Terceiro, eu gostei de você desde o dia que eu o entrevistei. Quarto, estamos em novembro, daqui a pouco é março. Se você não acredita em mim, pode testar se assim desejar, porém eu ficaria triste se algo acontecesse contigo.

Eu fiquei constrangido com o comentário dele sobre gostar de mim. Tentei desviar o assunto e fiz uma última pergunta:

— Já que o Conde foi contido e preso por uma freira, por que vocês não chamam uma freira e tentam prendê-lo novamente?

O editor-chefe soltou gargalhadas e disse:

– E você acha que ninguém tentou?

Depois de toda aquela conversa maluca, eu não sabia mais o que perguntar. Para mim, era tudo devaneio da cabeça do meu chefe. Eu guardei os jornais e devolvi o livro com o registro das mortes. Ao perceber a minha expressão incrédula, ele mudou o tom e ficou sério:

– Você é jovem, cheio de sonhos e tem uma vida inteira pela frente. Ser curioso é bom, mas não tente ser curioso com Apoá. Ninguém sabe exatamente o que ele é, pois antes de você descobrir, ele te mata. Eu sei que tudo isso soa fantasioso para você, mas, por favor, não faça nenhuma tolice.

– Ok, senhor. Eu compreendo. – eu respondi e fui para a minha mesa na redação do jornal.

4 CURIOSIDADE

Depois da conversa fantasiosa, eu tentei fazer o meu trabalho normalmente. Embora a história não fizesse o menor sentido, eu não conseguia encontrar uma justificativa plausível para o número exorbitante de mortes que ocorria em março na cidade. A minha única hipótese que não entrava no campo metafísico, era de que o livro que o editor chefe me apresentou fosse falso ou que as mortes eram provocadas por algum grupo de extermínio.

Numa tentativa de manter a minha sanidade, eu tomei essa hipótese como verdade. Contudo, as semanas se passaram e eu não me sentia satisfeito. Minha mente pregava peças em mim. A imagem de como seria o Conde de Apoá se manifestava nos meus pensamentos.

Os meses se passaram e eu ficava cada vez mais ansioso para que março chegasse. Como jornalista, eu queria a verdade. Contudo, eu não precisei esperar que março chegasse para que a verdade começasse a emergir.

5 CONVERSA COM O ZELADOR

No final de fevereiro, notei algo estranho no prédio onde eu morava. O número de pessoas circulando entre os corredores era menor. Alguns rostos familiares sumiram repentinamente. Eu perguntei ao zelador, um senhor de meia idade, o que estava acontecendo e ele disse que normalmente as pessoas viajam nessa época do ano.

— Mas o carnaval já passou. — eu disse para o zelador.

— Bom, eu não posso controlar o que as pessoas fazem com suas vidas. — o zelador disse.

Resolvi então ir direto ao ponto:

— É por causa do Apoá?

O zelador espantou-se e disse:

— Então você sabe?

— Sim, ouvi falar...

— Ouviu falar? Ninguém comenta sobre isso

abertamente. Falar o nome desse diabo é maldição. Isso atrai o algorento.

— Pelo que eu entendi, é só ficar dentro de casa depois das oito, certo?

— Bem... Foi o que os sobreviventes fizeram ao longo desses anos. Olha... Eu não gosto de falar sobre essas coisas. Você precisa de mais alguma coisa? — a conversa claramente incomodou o zelador.

— Não... Era só isso mesmo. Perdoe-me pelo incomodo. — eu me desculpei e voltei para o meu apartamento.

6 SEGREDO COLETIVO

Depois da conversa com o zelador, eu já não entendia mais nada. O que parecia ser um segredo aparentemente era de vasto conhecimento da população de Poá.

Quando mais eu me aprofundava nessa história, mais aguçada ficava a minha curiosidade.

Eu precisava da verdade e, para obtê-la, decidi colocar a minha pele em risco.

No primeiro dia de março, o editor-chefe liberou todos mais cedo do trabalho e disse que seria assim até o final do mês. Antes de nos dispensar, ele disse "Juízo!", me olhando nos olhos. De alguma forma, ele sabia que eu iria fazer alguma coisa.

Naquele dia, eu voltei para o meu apartamento e, às oito da noite, fiquei observando a rua pela janela do quarto. Eu olhava as casas e os prédios ao redor. Era um breu total e nada acontecia.

7 O PREÇO DA VERDADE

Às oito horas e vinte minutos, eu saí do meu apartamento e fui para rua. Fiquei na calçada, em frente à portaria. O porteiro não estava presente.

Fiquei parado em pé, olhando para todas as direções em busca de alguma movimentação.

Após uns vinte minutos, eu me cansei e resolvi voltar para o apartamento. "O povo dessa cidade é maluco", eu pensava.

Bem... Eu estava muito errado. Antes de tocar no portão de entrada do prédio, meu corpo ficou trêmulo repentinamente e a minha respiração falhava. Eu sentia medo sem motivo aparente. Quando tentei dar um passo, eu não consegui, meu corpo não respondia.

Foi quando eu senti que algo se aproximava de mim pelas costas. Eu comecei a chorar. A última coisa que me lembro daquele momento foi o meu corpo sendo envolto por algo muito quente e, então, eu desmaiei.

Acordei caído na calçada com o corpo ardendo.

Enfraquecido e com a visão turva, eu sentia a minha vida se esvaindo. Eu finalmente pude ver o vulto do tal Apoá em meio à escuridão. As luzes da rua estavam apagadas e eu não podia ver detalhes.

Isso já não me importava mais. As dores do meu corpo se tornavam mais intensas. Em meio aquela tortura, o meu único desejo era uma morte rápida, mas Apoá não estava disposto a atender a minha vontade.

Acho que ele sentia prazer me vendo agonizando e apenas observava, não precisa mover um dedo sequer para me machucar.

Lágrimas e agonia de um tolo morrendo em uma calçada. O quão imbecil eu fui... Se eu tivesse ouvido o editor-chefe...

No momento em que morte enfim me aceitava em seus braços e eu finalmente poderia ter paz após todo o sofrimento que eu passei, ouvi o barulho de um sino distante e desmaiei novamente.

8 MILAGRE

Por algum milagre, eu acordei. Estava deitado num sofá, dentro da redação do jornal envolto num cobertor. Na minha frente, o editor-chefe estava sentado numa cadeira me observando.

Quando notou os meus olhos abertos, ele perguntou:

– Está doendo muito?

Desorientado, eu respondi:

– Sim...

– Você aguenta até de manhã? – ele perguntou após um longo suspiro.

Eu balancei a cabeça e respondi que sim.

– OK. Você precisa de alguma coisa?

– Respostas. É isso que eu preciso.

– Você quase morreu e ainda insiste nisso... – o editor-chefe, aborrecido, passou a mão na cabeça – O que você quer saber além do que eu já te disse?

– Por que eu estou vivo?

– Eu te salvei.

– Disso eu sei, mas como?

O editor-chefe então me mostrou um sino prateado embrulhado num pano branco.

– Esse sino pertencia à freira... Ele afasta o mal quando tocado. Eu afastei Apoá de você e te trouxe pra cá.

– Eu o ouvi antes de desmaiar. Como ele funciona?

– Eu não sei. Todo conhecimento da época em que a freira viveu foi perdido. A única coisa que eu sei é que apenas aqueles que têm sangue da freira podem utilizá-lo.

– Você é descendente da freira?

– Não. Ela nunca teve descendentes. Eu sou um parente colateral dela, descendente de uma de suas irmãs. Este sino foi o único artefato que sobrou após os roubos de 1901. Só sobreviveu ao tempo porque é passado de geração em geração dentro da minha família. Infelizmente, tudo indica que eu sou o último que poderá utilizá-lo.

– Por quê?

– Sou filho único e estéril. Tentei rastrear outros membros da família para passar o sino adiante, mas não encontrei ninguém. Acho que minha família morrerá quando eu morrer.

– Ai! Ai! Ai! – meu corpo ardia.

– Droga! Ele está por perto.

O editor-chefe então pegou o sino e tocou diversas vezes. À medida que ele tocava, o dor diminuía gradualmente até atingir um nível suportável.

Quando ele parou de tocar o sino eu perguntei:

— Ele pode entrar aqui?

— Não, ele só vaga por áreas abertas.

— Por quê?

— Eu não sei ao certo, as histórias da minha família dizem que ele tem medo de ser aprisionado novamente e por causa disso não entra em locais fechados. Pelo que sei antes de ser aprisionado, ele vagava por qualquer lugar seja aberto, seja fechado.

— Eu não entendo. Por que eu senti dor quando ele se aproximou?

— Eu vou ser franco com você. Essas queimaduras não são apenas físicas... Elas contêm a essência de Apoá. É como uma maldição. Enquanto você as tiver, Apoá te perseguirá para tentar terminar o que ele começou. Sempre que você estiver no domínio dele, essas queimaduras queimarão e farão você sentir dor, mesmo durante o dia.

— Eu não entendo. Ele também pode me matar de dia? Que domínio é esse?

— Ele não pode te matar de dia e nem fora do mês de março, começando às oito horas do dia primeiro, porém a cidade de Poá inteira é dominada por ele. Então, mesmo quando ele não está caçando, enquanto você estiver aqui, na cidade, essas queimaduras vão doer. Basicamente, você tem que deixar a cidade e nunca mais pisar os pés aqui. Apenas dessa forma você estará a salvo.

— E o meu emprego?

— Você vai ter arrumar outro, em outro lugar. Posso te ajudar, se quiser

— Eu não tenho como me livrar dessa maldição?

— As únicas pessoas que sabiam remover a maldição morreram há alguns séculos. E eu não sei como fazer isso. Foi um conhecimento que se perdeu no tempo.

Após alguns instantes de silêncio, eu comecei a chorar discretamente.

— Eu vou ficar acordado para afastar o Conde, caso ele volte. Amanhã de manhã, quando for seguro, eu te levo para um hospital em Suzano para tratar essas queimaduras. — o editor-chefe disse.

Eu respirei fundo e agradeci:

— Obrigado por tudo... Eu só tenho mais uma pergunta.

— Qual?

— Por que o senhor se arriscou e foi me salvar?

— Não é arriscado se você tem como se defender. E... Bom, eu gosto de você e sabia que você não ia seguir meu conselho.

Eu não entendia porque o ele gostava de mim. Não éramos próximos e nossa relação era estritamente profissional. Eu também estranhava os olhares que ele dirigia a mim. Resolvi ser mais direto e questionei:

— De que forma o senhor gosta de mim?

Ele ficou calado por um tempo e depois resmungou:

– Não importa. Vai dormir.

Eu o obedeci. Todavia, meu sono não foi tranquilo. Tive pesadelos com a minha quase morte nas mãos de Apoá. Aquela sensação angustiante era revivida na minha mente quase como se fosse real.

9 PÓS-TRAUMA

No dia seguinte o editor-chefe me levou para um hospital em Suzano. Quando saímos da cidade de Poá, minhas dores praticamente sumiram.

No hospital, tive noção da extensão das queimaduras. Cobriam praticamente todo o tórax e se ramificavam pelas penas e braços. A maioria delas eram de primeiro grau, contudo fiquei internado por dois dias por causa de algumas queimaduras de segundo grau.

No atendimento, um médico grisalho perguntou o que havia acontecido. Eu fiquei calado. O editor-chefe apareceu e o médico o reconheceu.

Numa troca de olhares entre os dois o médico disse:

– Eu já entendi... Poá, Poá... Ainda bem que eu saí dali.

No segundo e último dia de internação, os meus pais vieram me visitar e questionaram o que havia acontecido. Eu falei que foi água quente. Eles não acreditaram. O médico que me atendeu, confirmou a minha mentira com um tom mais convincente. Os meus pais então decidiram aceitar a história. No fundo, eles sabiam que era mentira, mas eu acho que preferiram aceitá-la porque sabiam que era algo que eu não queria contar. Depois da alta do hospital, eu fui morar na casa dos meus pais, longe de Poá.

10 RECOMEÇO

Quem cuidou da papelada da minha demissão foi o editor-chefe, que gentilmente levou os documentos até a minha casa para que eu assinasse.

Desde então, eu comecei a fazer terapia, porém era difícil conversar com o psicólogo, já que eu não podia dizer coisas que estavam no campo da metafísica. Apesar de tudo, a terapia me ajudou muito.

O editor-chefe e eu nos tornamos amigos bem próximos e depois viramos algo mais. Um relacionamento com o meu ex-chefe estava fora dos meus planos. Os meus pais não aceitaram bem, porém toleram por acharem que era uma consequência do trauma que eu sofri. Trauma esse que eles nunca descobriram as causas.

Seis anos depois, oficializamos o nosso relacionamento. O editor-chefe se aposentou do jornal em Poá. Com isso, deixava a cidade a última pessoa que tinha o sangue da sábia freira que prendeu Apoá no passado e também o último descendente da Ordem dos Carmelitas que se instalaram na região de Poá.

11 A CASA DE CAMPO

Para comemorar a nossa união decidimos passar uma semana numa casa de campo na fronteira entre Suzano e Poá. Isso ocorreu no final de um mês de fevereiro. Eu relutei, porém o editor-chefe, ou melhor, meu marido, insistiu e disse que me protegeria. Além disso, a reserva foi um presente de um amigo do jornal. Eu não podia recusar. Apesar de estar localizada em Suzano, a casa ainda era relativamente próxima de Poá.

Ao chegar a casa, no primeiro dia, as cicatrizes das queimaduras doíam um pouco de vez em quando, mas isso não me incomodava e resolvi não contar ao meu marido.

Íamos partir na manhã do dia vinte oito de fevereiro, mesmo com reserva valendo até o dia dois de março. No final das contas, resolvemos ficar até o final da reserva.

12 O RETORNO

No dia primeiro de março, por volta das dez horas da noite, já estávamos deitados. Meu marido roncava na cama. Comecei a sentir meu corpo arder. Saí do quarto e sentei no sofá da sala. A dor piorava a cada minuto. As cicatrizes ficavam vermelhas como carne viva.

Olhei ao redor desesperado sem entender nada. Quando olhei para a grande porta de vidro da sala, lá estava o desgraçado do Conde de Apoá me observando pelo lado de fora.

"Por que ele está em Suzano?", eu pensei.

No momento em que meus olhos miraram em sua face, a dor agonizante de anos atrás voltava. Eu não conseguia gritar e nem falar. A minha pele queimava. Então, meu corpo começou a se mover sozinho. Apoá de alguma forma controlava os meus movimentos. Comecei a caminhar em direção a porta... Em direção à morte.

Ao chegar à porta, eu a abri de forma involuntária. Fiquei face a face com o Conde. Mais um passo e eu estaria do lado de fora. Seria o meu fim. Então, o sino tocou.

Meu marido mais uma vez veio me salvar. Ele tocava incessantemente o sino. O som fazia o Conde se afastar. Parecia que ele sentia dor. Após o sino ser tocado várias vezes, o Conde de Apoá desaparecia em meio à escuridão da noite.

Meu marido me puxou para dentro de casa e trancou a porta.

– Por quê? Por que ele apareceu aqui? – perguntei desesperado e com o corpo dolorido.

– Eu não sei! E-Ele não deveria aparecer aqui.

Passamos a noite e a madrugada acordados. Não tínhamos como sair de casa para ir ao hospital e tratar a queimaduras em meu corpo. Tive que suportar a dor até de manhã, quando fomos a um hospital em Suzano.

Tive que ficar dois dias internado. No hospital, meu marido se enfureceu por eu não ter avisado das dores que senti na casa de campo.

13 A LENDA E O ESQUECIMENTO

Do hospital, fomos direto para nossa casa. De cabeça fria, tentamos entender porque Apoá apareceu ali. Utilizando um antigo mapa dos Carmelitas e alguns jornais, descobrimos que a região onde estávamos já pertenceu à cidade de Poá, antes de sua emancipação, porém foi cedida à cidade de Suzano há muito tempo.

Descobrimos também outras regiões menores na fronteira de Poá na mesma situação. Nossa primeira atitude foi informar a descoberta aos poucos moradores de Poá que sabiam sobre o Conde.

A idade os levava deste mundo ano após ano. O meu maior temor era que o Conde de Apoá se tornasse só mais uma lenda. Com o tempo, vem o esquecimento. Contudo, minhas cicatrizes são a prova de que ele é real e vai continuar realizando os assassinatos anualmente.

Infelizmente, o alto escalão da cidade tinha uma política de abafar tudo o que acontecia sobre Apoá. Não os culpo, pois nada sobre ele faz sentido.

Depois dessa segunda vez que eu quase morri, eu e

meu marido nos mudamos para o Canadá. Meus pais ficaram tristes, mas respeitaram a nossa decisão.

Enquanto eu estiver vivo, não posso sequer pensar em me aproximar da cidade de Poá.

SOBRE O AUTOR

***

Danilo Gapcroft é escritor e programador. Escreve contos e livros do gênero LGBT e também escreve esporadicamente contos curtos de terror.

Blog do autor: https://gapcroft.blogspot.com

Goodreads: https://www.goodreads.com/gapcroft

Instagram: @gapcroft

***

MAIS LIVROS DO AUTOR

LADÁRIOS

Débora é uma viúva miserável. Ela trabalha todos os dias vendendo materiais recicláveis para poder sobreviver. Um dia, ela encontra Ladários, uma estranha criatura que promete matar a fome da humilde mãe e de sua família. Mas, por trás da promessa tentadora, Ladários esconde sombrias intenções.

CHÁCARA

Cinco jovens decidem fazer um vídeo de exploração numa chácara abandonada. Durante a exploração, eles entram na casa do caseiro e acabam libertando uma aberração que estava presa na casa. Perseguido pelo ser indescritível, um dos jovens narra a sua fuga.

www.ingramcontent.com/pod-product-compliance
Lightning Source LLC
Chambersburg PA
CBHW032005140726
47988CB00019B/3343